PATRIE..!

MÉLANGES

ET

ACTUALITÉS DIVERSES,

PAR

Cʜ. GOUDENOVE,

Chevalier de la Légion-d'Honneur.

ORLÉANS,

E. CHENU, ɪᴍᴘ. ᴇᴛ ʟɪᴛʜ., ʀᴜᴇ ᴄʀᴏɪx-ᴅᴇ-ʙᴏɪꜱ, 21.

1872.

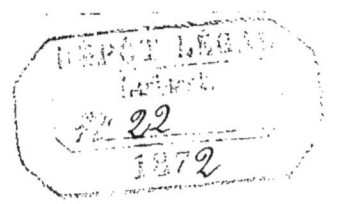

PATRIE..!

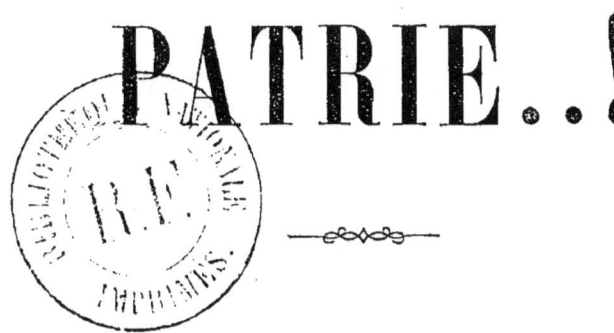

MÉLANGES

ET

ACTUALITÉS DIVERSES,

PAR

Ch. GOUDENOVE,

Chevalier de la Légion-d'Honneur.

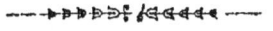

ORLÉANS,

E. CHENU, IMP. ET LITH., RUE CROIX-DE-BOIS, 21.

—

1872.

PRÉFACE.

La lettre que Monseigneur Dupanloup a adressée à ses diocésains le 10 février, est sublime d'éloquence et de patriotisme ; elle m'a électrisé.

Dans son numéro du 17 février, le *Monde Illustré* a publié une composition de Monsieur E. Morin qui offre un tableau saisissant du grand mouvement national que l'on nomme avec raison l'Œuvre des Femmes de France.

J'ai alors mis en ordre mes pensées et les ai rhythmées en 14 strophes.

Le dévoûment des Dames orléanaises s'est montré à la hauteur des traditions de la noble cité de Jeanne-d'Arc.

Le Comité de l'Institut musical d'Orléans prépare un concert, avec le concours des amateurs de la ville. Cette solennité est un heureux contingent des efforts que tout le monde fait pour libérer nos provinces occupées.

J'ai pensé qu'il m'était permis d'y ajouter mon obole (l'obole de l'orphelin) en éditant quelques poésies fugitives, toutes d'actualités, que je relève dans ce que j'appelle le Journal de mes loisirs, et que je ne destinais pas à la publicité.

Pour bien apprécier mon œuvre, il est indispensable qu'on se reporte au moment où chaque morceau a été écrit.

Ce petit recueil sera vendu au profit de l'Œuvre des Femmes de France.

Je ne m'abuse pas sur le peu de mérite littéraire de mes compositions. En les livrant au public, je ne désire qu'une chose : augmenter, ne fût-ce qu'un peu, les sommes recueillies sur la surface de la France pour la libération du territoire.

On trouvera ce petit opuscule chez tous les libraires d'Orléans.

LA PAIX ARMÉE. — L'ÉQUILIBRE EUROPÉEN.

Le royaume de Prusse a pris naissance en 1701 ; c'est le dernier né des États européens : il a constamment manifesté une grande ambition. A partir de Frédéric II il était déjà compté parmi les notables monarchies. Sa politique, il faut le reconnaître, a été habile autant qu'audacieuse.

Mais un royaume, en Europe, ne peut s'agrandir qu'au détriment des droits acquis dans le voisinage ; aussi les Prussiens ont-ils procédé par voie de rapt et de violence envers les faibles ; ainsi la conquête de la Poméranie, le démembrement de la Pologne, et tout récemment, la revendication du duché de Holstein.

L'unification, plus ou moins libre, des petits Etats de la Confédération germanique du nord et du midi, a été un moyen nouveau d'absorption et d'agrandissement.

L'équilibre européen est compromis par cette puissance nouvelle. La France, justement résolue à conserver le rang qu'elle a acquis dans le monde par quinze siècles de gloire et de sacrifices, ne peut laisser la Prusse mettre ainsi tout en question dans l'ordre international. Cette prétention exorbitante de la Prusse oblige toutes les puissances voisines à conserver en permanence de nombreux corps d'armées, et à rechercher onéreusement les progrès dans les moyens de destruction. La religion, la philosophie ont adouci les mœurs des populations occidentales : pourquoi faire ainsi dériver l'intelligence et les richesses de l'humanité, en les appliquant aux arts de la guerre ? Pour satisfaire aux dures nécessités de la défensive contre l'ambition.

C'est là où nous en sommes en plein XIXe siècle.

En 1866, après le succès facile de Sadowa, qui n'a été qu'une surprise, la Prusse se crut tout permis. Elle affichait ses étapes jusqu'à Paris, avec l'outrecuidance qui lui est propre. Le Luxembourg était la première. Aussi la France mit résolûment sa vaillante épée dans le plateau où les destinées de l'Europe étaient en jeu.

La guerre est imminente, et le drapeau français va sans doute briller sur de nouveaux exploits.

Comme chants guerriers, nous avons la *Marseillaise*, de Rouget de l'Isle, dont les élans patriotiques et le rhythme enthousiaste ont fait battre bien des cœurs. En 1830, Casimir Delavigne nous a donné la *Parisienne*.

Sans prétendre aucunement à une telle renommée, j'ai fait la *Française* ; il y a, ce me semble, opportunité.

Puisse-t-elle être répétée bientôt, pour acclamer les grandes actions de nos braves soldats !

LA FRANÇAISE.

France, debout! un moderne Attila,
Haineux, jaloux, veut souiller tes frontières.
Fils de héros, vaillants comme vos pères,
Marchez au Rhin !... Etrangers, halte-là !

1re STROPHE.

Quels sont ces bruits et toutes ces clameurs,
Ces cliquetis qui choquent nos oreilles ?
Des travailleurs enfantant des merveilles,
Viennent en paix partager nos splendeurs (1).
Non !... écoutez !... c'est un voisin naissant
Qu'un vain succès exalte, enivre, abuse,
Il met en jeu le mensonge et la ruse,
Pour agrandir un sceptre menaçant.

France debout ! un moderne Attila
Haineux, jaloux, veut souiller tes frontières.
Fils de héros, vaillants comme vos pères,
Marchez au Rhin ! .. Etrangers, halte-là !

(1) Tous les peuples du monde apportent à l'Exposition
universelle les produits des arts et de l'industrie.

2e STROPHE.

Peuple de Francs, le fort parmi les forts,
Tu fus toujours et brave et magnanime ;
Pour l'opprimé ton dévoûment sublime,
A prodigué ton sang et tes efforts.
Et quand, enfin, le monde veut la paix,
Obéissant à ta douce influence,
La Prusse croit éclipser ta puissance
En s'appuyant sur de récents forfaits.

France debout ! un moderne Attila
Haineux, jaloux, veut souiller tes frontières.
Fils de héros, vaillants comme vos pères,
Marchez au Rhin !.., Etrangers, halte-là !

3e STROPHE.

Quinze cents ans affirment ta grandeur ;
A ton berceau, chéri de la victoire,
Tes légions ont étonné l'histoire
Pour l'avenir inscrivant ta valeur.
A Tolbiac, la force de ton bras
Par le succès de nouveau consacrée,
Reçut d'en haut la mission sacrée :
« Marche en avant, Dieu le veut, tu vaincras !... »

France debout ! un moderne Attila
Haineux, jaloux, veut souiller tes frontières.
Fils de héros, vaillants comme vos pères,
Marchez au Rhin !... Etrangers, halte-là.

4e STROPHE.

Quand s'écroula le colosse romain,
Qui, sur l'autel encensait la matière ;
Sur ses débris la divine lumière
Vers le progrès éclaira ton chemin.
Tes magistrats, tes saints et tes savants
Ont fait jaillir cette clarté féconde,
Dont les rayons illuminent le monde,
Guidant les bons, réprouvant les méchants.

France debout ! un moderne Attila
Haineux, jaloux, veut souiller tes frontières.
Fils de héros, vaillants comme vos pères,
Marchez au Rhin !... Etrangers, halte-là !

5e STROPHE.

Oint du Seigneur, tu n'as pas hésité ;
Accomplissant ta lourde et noble tâche,
Par la raison, la francisque, la hache,
Tu fis régner le droit et l'équité.
Tes rois choisis plus grands que Salomon,
Se voient au ciel comme une autre lactée ;
L'orbite en est brillante, illimitée :
Clovis, Karles, Louis, Napoléon !

France debout ! un moderne Attila
Haineux, jaloux, veut souiller tes frontières.
Fils de héros, vaillants comme vos pères,
Marchez au Rhin !... Etrangers, halte-là !

6e strophe.

Dans tes sillons toujours l'humanité
Venait glaner pour emplir sa corbeille;
Tu fus les fleurs, l'Europe était l'abeille,
Et le butin s'appelait liberté !
Rien n'arrêta ton labeur généreux,|
Les insuccès ne t'ont pas fait descendre ;
Comme un géant renaissant de ta cendre
Tu relevas ton drapeau radieux.

France debout! un moderne Attila
Haineux, jaloux, veut souiller tes frontières.
Fils de héros, vaillants comme vos pères,
Marchez au Rhin !... Etrangers, halte-là !

7e strophe.

Nous avons vu, quand nous étions enfants,
Dans nos cantons de hideuses patrouilles,
Elles prenaient lâchement nos dépouilles :
Tous nos aînés étaient morts triomphants !...
Qui donc ainsi nous ravissait nos biens ?
Qui donc brûlait les châteaux, les chaumières,
En outrageant et nos sœurs et nos mères ?
C'étaient... c'étaient Blücher et ses Prussiens.

France debout! un moderne Attila
Haineux, jaloux, veut souiller tes frontières.
Fils de héros, vaillants comme vos pères,
Marchez au Rhin !... Etrangers, halte-là.

8ᵉ STROPHE.

Peuples divers assis au Champ-de-Mars,
Y confondant les œuvres de génie,
Le ciel bénit la touchante harmonie
De nos travaux et de nos étendards.
Nous vous quittons en vous donnant la main,
Pour aller voir deux anciennes étapes;
Iena, Friedland, cadettes de Jemmapes :
Attendez-nous, nous reviendrons demain.

France, debout! un moderne Attila
Haineux, jaloux, veut souiller tes frontières.
Fils de héros, vaillants comme vos pères,
Marchez au Rhin!... Etrangers, halte-là !

Orléans, 15 *juillet* 1870.

La paix ayant été signée le 11 mai 1867, ma cantate, la *Française*, n'avait plus de raison de voir le jour. Je l'ai donc mise alors au tiroir, comme le peu que je fais en littérature.

La France avait loyalement accepté cette paix. Il n'en a pas été de même de la Prusse. Elle a pris le parti de nous chercher querelle, et c'est bien cette fois une querelle d'Allemands.

Le trône d'Espagne étant toujours vacant (cette malheureuse nation ne sait sur quel pivot remettre sa machine gouvernementale), les intrigues de la Prusse ont trouvé là un aliment. Mettre sur ce trône un roi Allemand, serait un moyen ingénieux de dominer l'Europe. La puissance de Charles-Quint serait ainsi restaurée au profit des Hohenzollern. La France se trouverait alors entre deux feux, j'allais dire entre deux larrons. Cette combinaison machiavélique était en tout cas un prétexte pour provoquer un conflit avec la France. Celle-ci ne pouvait pas reculer. Le gouvernement a relevé le gant. L'appel aux armes a retenti. *Alea jacta est !*

J'exhume ma cantate de 1867 et j'ajoute :

9e STROPHE.

Depuis trois ans, Dieu nous en est témoin !
La paix pour nous avait été sincère.
L'ambition promettait de se taire
Autour de nous, de près comme de loin.
Pourquoi Bismark revient-il, bien à tort,
A ses projets que l'équité réprouve ?
Oh ! trop longtemps ce félon nous éprouve !
Gare au réveil lorsque le lion dort !

France debout ! un moderne Attila
Haineux, jaloux, veut souiller tes frontières.
Fils de héros, vaillants comme vos pères,
Marchez au Rhin !... Etrangers, halte-là !

10e STROPHE.

Vous avez pris l'Holstein au Danemark
Et maintenant, vous voudriez l'Espagne ?
Nous sommes là, nous, fils de Charlemagne
Et notre bras va foudroyer Bismark.
Il faut finir avec cet intrigant,
Dont le cerveau n'enfante que roueries,
Duplicités, mensonges, fourberies :
Serrons nos rangs ! à Berlin ! En avant !...

France, debout ! un moderne Attila
Haineux, jaloux, veut souiller tes frontières.
Fils de héros, vaillants comme vos pères,
Marchez au Rhin !... Etrangers, halte-là !

CULAN (Cher), 4 *novembre* 1870.

Plein de confiance dans la force de notre organisation militaire et d'admiration pour la bravoure de nos soldats, je croyais la France invincible. En 1867 comme en 1870 je ne doutais pas du succès de nos armes.

C'est sous l'empire de cette conviction que j'ai exprimé mon culte pour le passé et mes espérances pour l'avenir, dans la *Française,* que je croyais appelée à préluder à de nouveaux triomphes.

Quelle terrible déception se déroule tous les jours !... Nous avons appris les désastres de nos armées aux premiers chocs.

Nous n'étions pas prêts !...

Et pourquoi n'étions-nous pas prêts ?... C'est parce que l'antagonisme systématique et chronique d'une minorité téméraire, est parvenu à nous diviser. Elle a faussé toutes les mesures salutaires mises à l'ordre du jour, après avoir sapé et renversé successivement tous les gouvernements que la France s'est donné. La Prusse, plus prévoyante et plus sage, a façonné depuis longtemps les mœurs de ses populations, elle a étudié avec persévérance tous les moyens que la science lui a apportés pour s'assurer la victoire, non pas par la bravoure du combattant, cela est bon pour les Français vantards, dit-elle ; mais par la force mécanique ou par la supériorité du nombre.

Dans cette occurence, lorsque le gouvernement français a voulu organiser, discipliner, mobiliser les forces immenses que nous possédons, il s'est élevé un *tolle* formidable à la tribune parlementaire et à la tribune folliculaire encore plus dangereuse. On n'a pas voulu que l'empire organisât et utilisât nos forces militaires ; si on sauvait ainsi le pays contre les étrangers, on consolidait par cela seul un gouvernement que quelques-uns s'étaient promis de renverser.

Qu'importe la France aux yeux des intrigants et des ambitieux :

« Ote-toi de là que je m'y mette. »

Voilà le mobile de ce qu'on appelle aujourd'hui le patriotisme, dans certaine région politique.

Nous n'avions donc que 300,000 valeureux soldats, qui se trouvèrent bientôt en face de 800,000 Prussiens, devancés d'une artillerie qui, a elle seule, était une puissance.

De Forbach à Sedan, la chaîne de nos infortunes s'est déroulée en peu de jours !

Le 4 septembre est venu tout aggraver... La Prusse comptait sur cet auxiliaire pour autoriser aux yeux de l'Europe et excuser au besoin son aggression dissimulée habilement sous une apparence de défensive.

Aujourd'hui, elle peut écraser la France et la ruiner. Elle aussi, dit : Ote-toi de là que je m'y mette. Car il s'agit de prendre le premier rang que nous occupions dans la direction des affaires politiques de l'univers.

La Prusse veut faire porter sur ses états de services une bonne note : si elle a étouffé bien et définitivement l'esprit révolutionnaire qui fermente constamment en France et qui menace l'Europe, elle aura bien mérité du monde diplomatique. Ne nous y trompons pas, l'Europe applaudit à nos défaites.

Les calamités s'augmentent de jour en jour. Nous n'avons plus d'armée ; nous n'avons plus de gouvernement ; car, peut-on appeler gouvernement les quelques avocats poussés, épaulés par la tourbe aveugle qui sert de truc à tous les révolutionnaires, s'arrogeant avec impudence ce mot attribué à tort ou à raison à Louis XIV : La France, c'est moi.

La France, c'est moi ! voilà la prétention des voyous parisiens. Les Chambres élues par l'universalité des citoyens ; un gouvernement acclamé par la grande majorité de la nation : Qu'est-ce que cela ?

La France, c'est moi ! dit le tribun révolutionnaire.

La France, c'est moi, dit le contempteur de l'autorité établie, qui veut régner à son tour.

La France, c'est moi ! dit l'homme sans ressources et qui veut puiser au budget.

La France, c'est moi! dit l'étudiant fruit-sec et débauché, qui envie les jouissances du luxe qu'on n'obtient généralement qu'après une vie laborieuse.

La France, c'est moi! dit l'ouvrier paresseux et perverti, qui croit ce qu'on lui a trop répété : que la République c'est l'égalité dans les biens acquis, sans travailler ; car c'est là l'égalité qu'il convoite, la seule qu'il comprenne.

LA FRANCE, C'EST MOI. Voilà la prétention de tous, et comme conséquence de ce chaos intellectuel et moral il n'y a plus de France !

N'est-ce pas là notre situation actuelle?

Quelle confiance peut-on raisonnablement avoir dans l'avenir ?

Rien ne peut exprimer le martyre que j'endure. Paris est investi, nos belles provinces sont ravagées à l'entour.

Dieu a détourné sa face !

Le 24 octobre, je revenais de St-Amand avec M. D...., vers les sept heures du soir : étant à la Fosse-Nouvelle, j'aperçus de très-vives lueurs s'élever vers le nord.

Je dis à mon compagnon de route : Voilà les préludes d'une aurore boréale. En effet, une heure après, les gerbes lumineuses avaient pris des proportions extraordinaires. Jamais spectacle plus grandiose ne s'était offert à mes yeux. J'ai subi des tempêtes furieuses sur la mer ; j'ai assisté à une trombe marine complète ;

3

j'ai vu plusieurs aurores boréales, mais rien de ces
divers phénomènes n'avait approché de ce qui s'est
passé ce soir-là. Je dis à M. D... « Je crois en Dieu
« et par conséquent, à une relation mystérieuse entre
« le ciel et la terre. La science humaine cherche
« en vain à expliquer les phénomènes de la nature.
« Elle nous dit qu'une aurore boréale est produite par
« les gaz phosphorescents accumulés au pôle arctique :
« soit ; mais qui est-ce qui allume ces gaz à un moment
« donné ? Qui est-ce qui imprime ce courant atmosphé-
« rique supérieur, qui va tout-à-l'heure couvrir les trois
« quarts de la France de ces lueurs sinistres ? Je ne suis
« pas superstitieux, mais il doit se passer en ce moment
« quelque chose de néfaste. »

Jusqu'à neuf heures du soir, le phénomène passa par
toutes les phases spectrales. Que l'on me taxe d'igno-
rance, de faiblesse d'esprit, de crédulité juvénile, tout
ce que l'on voudra penser ou dire de mordant et de sar-
castique, je confesse que je fus profondément et péni-
blement impressionné.

Aujourd'hui, la capitulation de Metz est officiellement
annoncée. Toutes mes craintes du 24 octobre sont jus-
tifiées. Pendant que notre atmosphère était chargée de
couleurs sinistres et sanguinolentes, l'armée de Metz,
140,000 hommes, avec un matériel immense allaient
être livrés à nos ennemis ! Paris, investi depuis
le 18 septembre, va être de plus en plus étranglé.

Les 250,000 hommes de l'armée de Frédéric-Charles sont disponibles, ils vont empêcher le ravitaillement de la capitale en détruisant successivement nos jeunes armées en formation dans le Nord, sur les bords de la Loire et dans le Midi. Ils redoubleront les ravages et les incendies.

Ceux qui se sont emparés de la direction de nos affaires, doivent commencer à voir que si le projet du maréchal Niel avait été mis à exécution, nous n'en serions pas là. Ils doivent apprendre qu'on n'improvise pas des armées comme des fleurs de rhétorique à la tribune.

Puissent la génération qui grandit et celles qui vont naître, s'inspirer et s'éclairer de ces terribles leçons! Puisse la France reconnaître les véritables causes de ses malheurs actuels, se retremper dans toutes les vertus civiques, réchauffer dans son âme la foi chrétienne qu'elle a abandonnée pour se livrer à un déplorable matérialisme qui l'a amolie et abrutie!

Puisse l'esprit de discipline et de subordination sociales reprendre son empire!... car nous sommes gangrenés par l'orgueil; nous ne savons plus obéir, par contre nous ne savons plus commander.

Que l'on ne s'y trompe pas, entre ces deux termes : commander et obéir, il y a un lien invisible, un rapport psychologique indispensable. En philosophie comme en morale, là où personne ne veut obéir, personne ne sait commander.

C'est là où nous en sommes, en France, grâce à une fatale éducation qui détache l'enfant de toute crainte, de tout respect de l'autorité, quelle qu'elle soit, divine ou humaine.

Nonobstant, nous avons encore quelques efforts à faire pour épuiser le peu de chances qui nous restent de repousser les Prussiens, et de sauver notre honneur.

Si nous sommes définitivement vaincus, songeons à l'avenir et à notre revanche, par la réorganisation de nos forces et le réveil du patriotisme.

C'est là ce que j'ai exprimé dans l'anathème suivant :

AURORE BORÉALE EXTRAORDINAIRE.

CAPITULATION DE METZ.

ANATHÈME FRANÇAIS

(Faisant suite à la FRANÇAISE)

France debout ! un moderne Attila
Haineux, jaloux, a souillé tes frontières.
Fils de héros, vaillants comme vos pères,
Armez-vous tous ! les barbares sont là.

1re STROPHE.

Depuis trois mois, de Wissembourg à Metz,
Que de revers ! c'est à peine croyable.
Dieu courroucé, ta justice implacable
A-t-elle écrit : Mané, Thécel, Pharez ?
Et cependant, comme aux siècles passés,
Nous avons vu nos soldats héroïques
Braver la mort ; des grêlons métalliques
Ont plu sur eux, ils ont été brisés.

France debout ! un moderne Attila
Haineux, jaloux a souillé tes frontières.
Fils de héros, vaillants comme vos pères,
Armez-vous tous ! les barbares sont là.

2ᵉ STROPHE.

Nos ennemis, surpris de leurs succès,
Ont oublié le code de la guerre,
Leur haine à mort s'affiche sans mystère :
Comme le tigre ils rient de leurs excès.
L'assassinat, la famine, le feu,
Tous les fléaux sont leurs auxiliaires.
Soldats bourreaux, lâches incendiaires,
Dans leurs calculs la terreur fait enjeu.

France debout! un moderne Attila
Haineux, jaloux, a souillé tes frontières.
Fils de héros, vaillants comme vos pères,
Armez-vous tous ! les barbares sont là.

3ᵉ STROPHE.

Le sang, la mort, la dévastation
Ont fait rougir jusques au ciel lui-même,
Et le soleil, ô mystère suprême !
Lance ses feux par le septentrion.
Vois-tu, Bismark, la lumière en ce lieu?
Elle reflette en gerbes boréales
De tes forfaits les empreintes fatales,
Que sur ton front trace le doigt de Dieu.

France debout! un moderne Attila
Haineux, jaloux, a souillé tes frontières.
Fils de héros, vaillants comme vos pères,
Armez-vous tous ! les barbares sont là.

4ᵉ STROPHE.

Crois-tu, Germain, qu'un peuple tout entier
Va se courber sous ta schlague barbare ?
De notre sang, ô tu n'es pas avare !
Verse-le donc... C'est un ferment guerrier.
Des légions s'arment partout d'airain
Au cri poussé par la Grande Patrie :
Sous quelques jours, leur bravoure aguerrie
Te chassera jusques au fond du Rhin.

France debout ! un moderne Attila
Haineux, jaloux, a souillé tes frontières.
Fils de héros, vaillants comme vos pères.
Armez-vous tous ! les barbares sont là.

5ᵉ STROPHE.

Le peuple Franc a dit : Vaincre ou périr !
Pendant mille ans il tiendra sa parole.
L'ambition, Guillaume, est ton idole,
Dix nations mourraient sans l'assouvir.
Veux-tu savoir quelle gloire t'attend ?
Ton nom maudit passera d'âge en âge ;
Chaque Français redira comme adage
A tous ses fils l'anathème suivant,

France debout ! un moderne Attila
Haineux, jaloux, a souillé tes frontières.
Fils de héros, vaillants comme vos pères,
Armez-vous tous ! les barbares sont là.

6ᵉ STROPHE.

« Enfant, voici le premier de tes jours,
De ton Pays reçois la loi suprême,
Regarde-là comme un autre baptême,
Et grave-là dans ton cœur pour toujours.
Tu grandiras, tu sauras les horreurs
Dont les Prussiens ont accablé la France.
De ces brigands il faut tirer vengeance,
Les flots du Rhin rouleront sang et pleurs. »

France debout ! un moderne Attila
Haineux, jaloux, a souillé tes frontières.
Fils de héros, vaillants comme vos pères,
Armez-vous tous ! les barbares sont là.

7ᵉ STROPHE.

« Tu prends huit ans, il faut par le labeur,
Te rendre fort ; qu'une divine flamme,
Epure en toi le feu sacré de l'âme,
Aime toujours la Patrie et l'honneur !
Dis tous les soirs dans ta prière à Dieu,
Te souvenant des crimes de Guillaume,
Jacques royal, le chauffeur d'un royaume :
Sur ce méchant, Seigneur, lancez le feu ! »

France debout ! un moderne Attila
Haineux, jaloux, a souillé tes frontières.
Fils de héros, vaillants comme vos pères,
Armez-vous tous ! les barbares sont là.

8ᵉ STROPHE.

« Adolescent, travaille avec ardeur,
Pour acquérir toutes les connaissances,
Que t'offriront les arts et les sciences.
Rappelle-toi que de Bien naît Bonheur.
Apprends surtout le langage allemand,
Prépare-toi ; car le peuple tudesque
Usa sur nous sa fureur barbaresque ;
Au Sinaï, la Voix dit : sang pour sang. »

France debout ! un moderne Attila
Haineux, jaloux, a souillé tes frontières.
Fils de héros, vaillants comme vos pères,
Armez-vous tous ! les barbares sont là.

9ᵉ STROPHE.

« A vingt-un ans, ton esprit et ton corps
Sont au complet, à la force au courage
Joins la prudence ; avec un tel bagage
Pour nous venger tente tous les efforts !
Sous les buissons ou dans un régiment,
En franc-tireur, à ton rang de bataille,
Brave le plomb, le fer et la mitraille :
Ne bronche pas, ajuste sûrement ! »

France debout ! un moderne Attila
Haineux, jaloux, a souillé tes frontières.
Fils de héros, vaillants comme vos pères,
Armez-vous tous ! les barbares sont là.

10e strophe.

« Quand tu seras en plein âge viril,
Que des enfants, une épouse chérie,
Seront ta joie, embelliront ta vie,
Fourbis encor ton sabre et ton fusil ;
Qu'à tous moments tes bagages soient faits,
Pour accourir à la sainte croisade
Qui doit un jour de Kœnigsberg à Bade,
Prendre aux Prussiens le prix de leurs forfaits. »

France debout ! un moderne Attila
Haineux, jaloux, a souillé tes frontières.
Fils de héros, vaillants comme vos pères,
Armez-vous tous ! les barbares sont là.

11e strophe.

« Plus tard, le temps viendra ployer ton corps
Et tu seras impropre à la vengeance.
Demande aux arts, demande à la science
Quelque secret tout puissant pour la mort.
Depuis longtemps, la foudre est un engin :
Par A plus B analyse, combine ;
Fais un canon, fais une carabine
Qui porte droit de Paris à Berlin. »

France debout ! un moderne Attila
Haineux, jaloux, a souillé tes frontières.
Fils de héros, vaillants comme vos pères,
Armez-vous tous ! les barbares sont là.

12ᵉ STROPHE.

« Vieillard, enfin, voici ton dernier jour.
Ta vie entière a bien été remplie,
Le saint devoir de venger la Patrie
A tes enfants doit passer à leur tour.
Près de ta couche assemble tous les tiens,
Retrace encor le tableau d'infamies,
Que tu connais des hordes ennemies ;
Puis, vas à Dieu, disant : Mort aux Prussiens !.. »

France debout ! un moderne Attila
Haineux, jaloux, a souillé tes frontières.
Fils de héros, vaillants comme vos pères,
Armez-vous tous ! les barbares sont là.

FINALE.

Vous restez froids, peuples Européens,
En contemplant un immense homicide ;
Et si Guillaume atteint son but perfide,
Vous serez tous Cosaques ou Prussiens.
O mon pays ! ta puissante unité
De l'univers soutenait l'équilibre ;
En te berçant d'une chimère libre,
On t'a conduit à la caducité.

France debout ! un moderne Attila
Haineux, jaloux, a souillé tes frontières.
Fils de héros, vaillants comme vos pères,
Armez-vous tous ! les barbares sont là.

ORLÉANS, 20 *mars* 1871.

Le vote universel est encore une fois foulé aux pieds ;
une insurrection épouvantable vient d'éclater à Paris :
elle sera plus cruelle et plus sauvage que toutes celles
qui l'ont précédée, car elle n'a pour mobile que les plus
détestables passions, et pour auteurs que les hommes
les plus dangereux.

Malheureuse France ! Ce n'est donc pas assez des
outrages qui te sont prodigués par d'insolents vain-
queurs ? Tes propres enfants accélèrent ta ruine. —
Voilà le sujet douloureux qui ma inspiré les vers
suivants.

Quelqu'imparfaits qu'ils soient, je les adresse à ma
bonne tante Dubuc, au château de Boisnormand : elle a
le goût de la poésie ; elle les appréciera avec sa bonté
ordinaire.

DÉDICACE.

J'ai fait des bouts rimés, je vous vois déjà rire,
Vous qui savez si bien nos classiques par cœur.
Aussi, combien souvent on vous entend redire
Des vers harmonieux dont on vous croit l'auteur,
Tant vous les nuancez ; et ceux qui vous écoutent,
Lorsque vous répétez nos poèmes divers,
Sentent s'évanouir un ennui qu'il redoutent,
Quand ils ouvrent un livre et qu'ils lisent des vers.
    Tous ne peuvent sentir le rhythme, la cadence ;
L'oreille doit d'abord vibrer sensiblement,
Puis il faut que le cœur se dilate et s'élance,
Au plus simple contact d'un noble sentiment.
    En voyant les revers accabler ma Patrie,
J'ai voulu rechercher les causes de ses maux !...
Je vous sais indulgente, aussi je vous dédie
Cette étude de mœurs, produit de mes pinceaux.
Le sujet est exact : la pâleur des nuances
N'est pas à sa hauteur, je le reconnais bien ;
Mais pour de tels péchés ayez des indulgences ;
Je ne les ferais plus s'il en était moyen !...

LE FAUX PROGRÈS.

L'INCUBATION DES COMMUNARDS.

Depuis quatre-vingts ans, notre étoile a pâli.
Au lieu du vrai progrès dont le temps est rempli,
Qui marche et qui poursuit sa course naturelle
Dans ce qu'on peut nommer la vie universelle,
Et qui viendrait à point selon les lois de Dieu,
La foule des penseurs désertant le Saint-Lieu
A tout bouleversé, même la foi divine !...
Alors la nation sans frein, sans discipline
A perdu l'unité, base de sa grandeur.
Voilà, oui voilà bien d'où vient notre malheur.
　　Le doute obscurcissant l'esprit, l'intelligence,
Ils se sont révoltés contre la Providence.
　　On nous redit sans cesse, et notre orgueil le croit,
Que l'homme s'appartient et que c'est là son droit ;
Oui, l'homme s'appartient, mais quand la conscience
Est un flambeau divin dans toute sa puissance,

Car le *droit* de chacun vient après le *devoir.*
C'est lorsqu'il les confond qu'un peuple va déchoir :
L'homme doit être sage avant que d'être libre.

Nos superbes réthéurs nous disent que le Tibre
Baignait un peuple-roi maître de ses destins ;
Ils dissimulent trop le nombre d'assassins
Que le Forum a vus sur la place publique,
Pendant les cinq cents ans de cette république.
Le peuple s'agitait, et les ambitions
Exploitaient constamment les viles passions.
Au lieu de liberté c'est toujours la licence :
Ne le voyons-nous pas, hélas! dans notre France!
Nous avons essayé tous les gouvernements,
Et nous payons bien cher ces fréquents changements.

La force centrifuge en principe physique
Produit les grands effets, de même en politique.
Ceci n'a pas besoin de démonstration,
Notre histoire en fournit une affirmation.
Pendant quinze cents ans notre chère patrie,
En se centralisant multiplia sa vie ;
Elle s'est élevée au sommet des grandeurs,
L'univers tout entier lui rendait les honneurs.
Nous voyons succéder à toute cette gloire,
De nos divisions la honte dérisoire.
La France généreuse a perdu son éclat,
Et sa suprématie a volé par éclat.
Sommes-nous aveuglés? Sommes-nous en démence?
Le fait est évident, oui, c'est la décadence
Qui s'étend lentement sur tout le corps social.
Nous le sentons très-bien ; mais un orgueil brutal
Impitoyablement nous pousse vers l'abîme,
Satan a dit : « Il faut que le trône s'abîme !...

« Brisez l'autorité, c'est la loi du progrès !...

. . . .

La terre au lieu de blé portera des cyprès !
Sous le souffle infernal, un affreux égoïsme
A tué nos vertus et le patriotisme.
Après avoir brisé le vieux trône et l'autel,
On foule sous les pieds le vote universel,
Cette suprême loi de la démocratie,
Qui devait, disait-on, apaiser la patrie.
Comment s'en étonner? Jusqu'à satiété,
Les sophistes ont dit que la société
Causait tous les malheurs dont l'humanité souffre,
Les esprits sont chargés de salpêtre et de soufre.
Au lieu de charité les cœurs sont pleins de fiel,
On se tue en famille, on outrage le ciel.
    Quand les libres-penseurs prêchent des utopies,
Quand l'athéisme écrit ses maximes impies,
Et qu'à tous les instants, dans des cerveaux fêlés,
Ces éléments malsains tombent entremêlés,
Il se fait on ne sait quelle tache infernale :
Il n'est plus de justice, il n'est plus de morale ;
Les esprits irrités ne respectent plus rien,
On confond à plaisir le mal avec le bien....
La pâte est préparée, il ne faut qu'un prétexte,
Les bras vont tout à l'heure effectuer le texte.
Dans ce Paris-Babel, nous avons vu souvent
La fortune et l'honneur être jetés au vent.
Notre époque n'est pas un siècle de lumières ;
Car le feu qui l'anime est celui des cratères,
Où les instincts pervers en ébulition,
Transforment le progrès en révolution.

Paris est le foyer de la fausse richesse ;
Le vice s'y nourrit de luxe et de paresse ;
Il se tient toujours prêt pour un fort coup de main...
Aucun gouvernement n'aura de lendemain,
Tant que sur ses pavés grouillera la crapule,
Sous la blouse ou l'habit, niant Dieu sans scrupule ;
Notre prospérité, nos institutions,
Seront à la merci des Héberts, des Dantons.

    Sont-ce là les destins que la bonté divine
Nous avait préparés dans l'antique origine ?
Dieu protège la France est un noble blazon :
Pour le voir refleurir vivons dans l'union ;
Et que chacun de nous en tout temps se souvienne,
Que la liberté vraie est dans la loi chrétienne.

ORLÉANS, 24 avril 1871.

LE GOUVERNEMENT PAR LES ÉLUS DE LA NATION ?

Ou le Gouvernement par les Brigands cosmopolites ?

———

J'ai lu avant-hier dans le *Journal du Loiret* une pièce de vers de Victor Hugo, intitulée : UN CRI.

Le poète selon son habitude, fait l'apologie de l'insurrection et objurgue durement le gouvernement national de Versailles, ces hommes

« Qui remettent la ville éternelle en prison,
« Rebâtissent le mur de haine à l'horizon. »

Le *Journal du Loiret* a cru voir là un appel au désarmement. C'est à ce titre qu'il a cueilli cette fleur du *Rappel* pour l'offrir à ses lecteurs.

Je me suis senti un frisson courir dans les veines en lisant cela, et je me suis dit : Si des hommes comme les rédacteurs de mon estimable journal se trompent à ce

point, qu'attendre du vulgaire qui verra cette malédiction
contre les défenseurs de la société.

« Malheur aux hommes quels qu'ils soient,
« Qui sur ce pavois d'ombre et de meurtre s'assoient »

C'est sous le premier mouvement de cette émotion que
j'ai rédigé les vers suivants, et l'*Écho d'un cri*, qui vient
après.

————

Des Tours de Notre-Dame, au milieu de Paris,
Un triste et vieil oiseau poussait de tristes cris
En flots harmonieux jaillissant d'une muse.
C'était Victor Hugo, si l'écho ne s'abuse.
Hugo, poète ardent, inscrit en lettres d'or
Quand ses brillants débuts promettaient un trésor.
Aigle trempé d'acier, engendré dans une aire,
Qui, pour briller à faux mourra dans un repaire !...
Soit que nous fussions loin, soit qu'un noir tourbillon
Dans lequel se complait son inspiration,
Eût voilé ses pensers, rien que ses belles rimes
Nous charmaient dans l'écho qu'ici nous entendîmes.
Nous les reproduisons, mais en laissant parler
Le vieux sang des Français que rien ne peut troubler.
Voici donc ce grand cri dans sa simple harmonie,
Les rimes seules sont à l'homme de génie
Qui sait nous émouvoir par l'éclat de son luth,
Mais qui n'est à nos yeux qu'un nouveau Belzébuth.
Il distille la haine, il honnit nos victoires,
Il met au pilori nos vertus et nos gloires,
Et ne voit de grandeur qu'en bas, dans le ruisseau
Où fut trempé de sang un ignoble drapeau.

UN CRI.

Quand finira ceci ? Quoi ! ne sentent-ils pas
Que ce grand pays croule à chacun de leurs pas !
Châtier qui ? Paris ? Paris veut être libre.
Ici le monde, et là Paris ; c'est l'équilibre.
Et Paris est l'abîme où couve l'avenir,
Pas plus que l'Océan on ne peut le punir,
Car dans sa profondeur et sous sa transparence
On voit l'immense Europe ayant pour cœur la France.
Combattants ! combattants ! qu'est-ce que vous voulez ?
Vous êtes comme un feu qui dévore les blés,
Et vous tuez l'honneur, la raison, l'espérance !
Quoi ! d'un côté la France et de l'autre la France !
Arrêtez ! c'est le deuil qui sort de vos succès.
Chaque coup de canon de Français à Français
Jette, — car l'attentat à sa source remonte, —
Devant lui le trépas, derrière lui la honte.
Verser, mêler, après septembre et février
Le sang du paysan, le sang de l'ouvrier,
Sans plus s'en soucier que de l'eau des fontaines !
Les Latins contre Rome et les Grecs contre Athènes !
Qui donc a décrété ce sombre égorgement ?
Si quelque prêtre dit que Dieu le veut, il ment !
Mais quel vent souffle donc ? Quoi ! pas d'instants lucides !
Se retrouver héros pour être fratricides !
Horreur !
    Mais voyez donc, dans le ciel, sur vos fronts,
Flotter l'abaissement, l'opprobre, les affronts !
Mais voyez donc là-haut ce drapeau d'ossuaire,
Noir comme le linceul, blanc comme le suaire !
Pour votre propre chute ayez donc un coup d'œil !
C'est le drapeau de Prusse et le drapeau du deuil !
Ce haillon insolent, il vous a sous sa garde.
Vous ne le voyez pas ; lui, sombre, il vous regarde,
Il est comme l'Egypte au-dessus des Hébreux,
Lourd, sinistre, et sa gloire est d'être ténébreux.
Il est chez vous. Il règne. Ah ! la guerre civile,
Triste après Austerlitz, après Sedan est vile !
Aventure hideuse ! ils se sont décidés
A jouer la patrie et l'avenir aux dés !
Insensés ! n'est-il pas de choses plus instantes
Que d'épaissir autour de ce rempart vos tentes !
Quoi ! pas de remords ! quoi ! le désespoir complet !
Mais qui donc sont-ils ceux à qui la honte plaît ?
O cieux profonds ! malheur aux hommes, quels qu'ils soient,
Qui sur le pavois d'ombre et de meurtre s'assoient,
Qui du malheur public se font un piédestal,
Qui soufflent, acharnés à ce duel fatal,
Sur le peuple indigné, sur le reître servile,
Et sur les deux tisons de la guerre civile ;
Qui remettent la ville éternelle en prison,
Rebâtissent le mur de haine à l'horizon,
Méditent on ne sait quelle victoire infâme,
Les droits brisés, la France assassinant son âme,
Paris mort, l'astre éteint, et qui n'ont pas frémi
Devant l'éclat de rire affreux de l'ennemi !

                Victor Hugo.

    Avril 1871.

L'ÉCHO D'UN CRI.

Français dégénérés, ne comprenez-vous pas
Que votre pays saigne et qu'il meurt sous vos pas ?
Rêveurs fallacieux qui voulez Paris libre,
Vous faites l'anarchie : est-ce là l'équilibre ?
Dans votre fol orgueil vous créez l'avenir ;
Si Dieu vous entendait ce serait nous punir,
De vos sanglants projets, la sombre transparence,
A révolté le monde et fait rougir la France.
Assassins et pillards, tout ce que vous voulez,
C'est notre or, nos bestiaux et nos vins et nos blés ;
Vous blasphémez l'honneur, vous chassez l'espérance,
Aux yeux de l'univers vous détrônez la France.
Ne vous flattez donc pas d'un odieux succès,
Le sang que vous versez est le sang des Français.
Cet affreux attentat vers ses auteurs remonte,
La mort en est le fruit, vous en portez la honte.
    Les malheurs de septembre ont donné février.
Contre les ennemis, le noble et l'ouvrier
Avaient mêlé leur sang comme l'eau des fontaines,
Et voilà comme à Rome, ou bien encor Athènes
Dans leurs plus mauvais jours, qu'un vaste égorgement
Ensanglante Paris ! la fraternité ment !
Si nous n'avons, hélas ! que peu d'esprits lucides ;
Si nous devons pleurer des luttes fratricides ;
Si notre abaissement est écrit sur nos fronts ;
Si l'arrogant prussien nous verse des affronts ;
C'est que l'impiété n'a fait qu'un ossuaire
De la Foi, de la Loi. Dans un affreux suaire,
Elle a mis le passé, dont le brillant coup d'œil
Enfantait les héros.
             Quand la France est en deuil,
Quand, du haut de nos forts notre vainqueur nous garde,
Comme un oiseau de proie, il attend, il regarde....
Que fait Paris ?... Horreur ! imitant les Hébreux,
Dans le désert cédant à l'esprit ténébreux,
Des Communeux armés font la guerre civile.
Cette œuvre est à la fois infâme autant que vile !
Mêlés aux malfaiteurs, ils se sont décidés
Eux, ne possédant rien, à jouer tout aux dés.
Malheureux ! laissez-nous aux charges plus instantes
Payons nos occupants et qu'ils lèvent leurs tentes.
Serez-vous sans remords ? l'aveuglement complet
Vous fera-t-il pourrir dans le vice qui plaît ?
La France maudit ces hommes quels qu'ils soient,
Qui pour un vil denier dans notre sang s'assoient,
Et qui, de nos trésors se font un piédestal,
Ils règnent un seul jour ! Jour honteux et fatal !
Le peuple n'est pas là ! cette masse servile,
Qui n'a que la fureur de la guerre civile ;
Qui pille les palais et qui met en prison
Tout homme vertueux qui brille à l'horizon,
De quelque noir complot est l'instrument infâme :
Quel lait ont-ils sucé ? ces gens-là n'ont pas d'âme !
En tuant des Français leur main n'a pas frémi,
On les croirait vraiment soldés par l'ennemi.

              Ch. Goudenove.

    Avril 1871.

ORLÉANS, 18 *mai* 1871.

RENVERSEMENT DE LA COLONNE.

Arrestation des Otages.

———

Ce qui se passe à Paris depuis deux mois est le comble de l'infamie et de la honte ! A aucune époque, dans la vie des nations, à tel degré de barbarie ou de décadence qu'elles aient été, l'histoire n'offre rien de semblable.

Il y a un an, dans le travail sur l'économie sociale que j'ai adressé en réponse à l'enquête parlementaire ouverte alors, je prédisais que l'on égorgerait les honnêtes gens sur les bords de la Seine dans deux mille ans, par suite du mouvement de décadence qui se manifestait. Je me trompais de mille neuf cent quatre-vingt-dix-neuf ans !.. Qui pouvait prévoir un pareil cataclysme ?

Les bourreaux Jacobins de 1792 et tous les monstres qui ont ensanglanté la France pendant cette période de rage révolutionnaire qu'on a nommée la terreur, croyaient agir au nom du progrès, ils n'étaient pas scélérats pour le plaisir de l'être. C'était la première explosion de la

mine chargée par l'Encyclopédie ; ils voulaient mettre
les éléments sociaux au creuset de la transformation, les
obstacles, vrais ou faux, légitimes ou non, étaient condamnés à mort. Tout cela était coupable, tout cela était hor-
rible. Hé bien ! ce que nous voyons est encore plus
monstrueux, il n'y a pas un seul bon instinct dans cette
tourbe de malfaiteurs qui tient Paris sous sa serre de
fauve.

Combien nous avons perdu de la salutaire énergie qui
fait les nations fortes et grandes ! Il y a vingt-deux ans la
France entière s'est levée pour étouffer l'insurrection de
Juin 1848, qui était la manifestation des mêmes revendi-
cations condamnables. En trois jours, le parti des honnêtes gens, le parti de l'ordre, par la solidité et la bravoure
de la garde nationale de Paris, au milieu de laquelle j'avais
l'honneur d'un commandement, avait terrassé le monstre.
Aujourd'hui personne ne bouge, ni à Paris, ni dans la
province. L'armée, après des défaites où elle n'a pu sauver
que l'honneur, se rallie autour de Paris, elle aura tout à
l'heure à verser son sang contre des Français indignes de
ce nom, et cela, sous les yeux de la Prusse qui est là
comme son compatriote Méphistophélès.

Ces hordes de sauvages et de vendales qui ont pris le
nom de Commune, sont capables de tous les crimes, ils
ont saisi l'élite de la magistrature, de l'Église et de la
bourgeoisie. Ils ont débuté par deux lâches assassinats.
Ce pauvre Clément Thomas, avec lequel j'ai combattu en
1848 dans la 2e légion, était certes, un républicain hon-

nête, et dans sa simplicité, il croyait que la république était le meilleur gouvernement possible. — A ce moment, dans l'inexpérience de la jeunesse, je pensais à peu près comme lui ; il a été la première victime de la république du 18 mars (car il y a autant de républiques qu'il y a de degrés dans le crime). Quelles seront les autres victimes ? Les otages seront tous massacrés.

On en est même à se demander s'il restera pierre sur pierre à Paris.

La colonne de la place Vendôme vient de tomber aux acclamations furibondes de ces cannibales : à quand la chute et la ruine de tous nos trophées ? à quand l'anéantissement de toutes nos richesses nationales ?

Dans mon enfance, un célèbre chansonnier du Caveau avait écrit et on répétait partout :

> Ah ! qu'on est fier d'être français,
> Quand on regarde la colonne !

Nous n'avons plus le droit d'être fiers... ne semble-t-il pas que le sol est ébranlé sous nos pas et que les abîmes de la barbarie vont engloutir notre malheureuse patrie ? c'est sous ces impressions que j'écris UN SONGE.

UN SONGE.

« Tu te relèveras » en son songe mon bon ange
Par ces trois mots calmait mes esprits agités.
J'avais vu ma Patrie, ô vision étrange !
Tomber dans un abîme à pas précipités.
Tout était au néant : autel, trône, justice ;
Gloire et prospérité, sciences et drapeau ;
Je croyais tout perdu : quel était mon supplice !
Mais mon ange disait au-dessus du tombeau :
            Tu te relèveras !

Tu te relèveras. O France généreuse !
C'est en vain qu'en ce jour de féroces bandits,
Monstres nés dans ton sein d'une œuvre vénéneuse ;
Fruits de l'égarement que le ciel a maudits !
Salissent ta splendeur dans la sanglante boue
Qu'ils osent délayer autour de tes palais,
Où leur abjection cyniquement se joue
De tout ce qui fut grand sous le soleil français :
            Tu te relèveras !

Tu te relèveras, religion divine,
Qui féconda la France, orgueil de nos aïeux.
Sous un souffle empesté si notre foi décline,
Nos malheurs satisfont la justice des cieux.
Tes temples profanés, tes prêtres en otages,
Sont l'expiation qui brûle sur l'autel.
Des hommes en délire et des bêtes sauvages,
Ne sauraient arrêter ton essor immortel :
            Tu te relèveras !

Tu te relèveras, calme et pure justice,
Que le devoir sacré d'un sage magistrat
A toujours opposée à l'action du vice,
En lutte permanente avec l'ordre et l'Etat.
Des êtres condamnés, d'audacieux transfuges
Sont montés au prétoire en sortant des prisons,
Ils ont brisé ton sceptre, ils ont saisi tes juges,
Qui savent rester grands au fond des cabanons :
      Tu te relèveras !

Tu te relèveras, ô puissance guerrière !
Dont les brillants exploits fascinaient l'univers,
Il n'a fallu qu'un jour pour briser ta bannière,
Un arrêt du destin t'a donné les revers...
Après t'avoir vaincue, on t'accable d'outrages,
L'insolent ennemi qui sait ce que tu vaux,
Morcelle ton vieux sol et demande des gages...
Retrempe ton ardeur et forme tes faisceaux :
      Tu te relèveras !

Tu te relèveras, noble chevalerie
Qui fit tant de héros sans reproche et sans peur.
Ils mouraient bravement au nom de la Patrie,
Et disaient au besoin : perdons tout fors l'honneur.
Les serpents de l'envie animés de superbe,
Ont cru te rabaisser en brisant ton blazon.
Mais lorsque l'étranger de nos prés foulait l'herbe,
Ton sang comme autrefois a rougi le gazon.
      Tu te relèveras !

Tu te relèveras, brave enfant prolétaire,
Qui, dans les temps anciens avais su t'ennoblir
En ne rougissant pas de ton sang populaire.
Pour la Patrie et Dieu tu savais bien mourir.
Des docteurs n'avaient pas troublé ta conscience,
La morale chrétienne éclairait ton savoir ;
Tu respectais ton père et vénérais la France ;
Reviens enfant, reviens à ce noble devoir :
       Tu te relèveras !

Tu te relèveras, immortelle colonne,
Témoignage d'airain du courage français.
De ta base au sommet notre gloire rayonne,
Et pour nous consoler du passé tu parlais !
Mais voilà tout-à-coup que la foule en démence
A servi les Prussiens jaloux de ta grandeur ;
On t'a jetée à terre.... O sacrilége immense !
Nos pères dans leur tombe ont tressailli d'horreur.
       Tu te relèveras !

Tu te relèveras, belle littérature
Langue de Bossuet, de Corneille et Boileau,
Nous aimons le pathos, nous caressons l'enflure,
Et nous perdons ainsi l'habitude du beau.
Les érudits lettrés font de la politique ;
Ils torturent l'histoire, ils s'enivrent de mots,
Tels : décentraliser, liberté, république....
Mais bientôt la raison fera taire ces sots.
       Tu te relèveras !

Tu te relèveras, antique monarchie
Qui fit la France forte au milieu des Etats,
Nous avons trop longtemps de la démagogie
Subi le joug honteux, soldé les attentats,
Sophistes et rhéteurs sans aucun sens pratiques
Où sont notre grandeur, notre prospérité ?...
Combien de milliards vos rêves scholastiques
Nous coûtent-ils, hélas !... O trône ! en vérité.

    Tu te relèveras !...

ORLÉANS, **25** *février* **1872**

Depuis bientôt un an, la paix a été signée entre la France, par ses représentants librement élus, et la Prusse qui poursuit impitoyablement le but qu'elle s'est dès longtemps proposé : l'étranglement de la France, afin d'éteindre sous ses ruines, l'esprit d'agitation, le volcan anti-autoritaire dont les accès et les explosions périodiques ébranlent la civilisation occidentale qui a l'Europe pour berceau et pour patrimoine.

Un gouvernement transitoire sorti du sein de l'Assemblée nationale s'efforce de rétablir l'équilibre, l'harmonie, et par conséquent la vie dans cette France qui est là, sanglante et mutilée, sous le sabre des Teutons. Combien de voiles à recoudre ! combien d'agrès à renouer !...

Les termes du traité de paix marchent vers leurs échéances. En attendant, six de nos provinces, six de nos départements sont encore en gage dans les mains de nos ennemis.

Les Femmes françaises, dans les grandes calamités, ont montré souvent quel noble sang elles engendrent et transmettent aux générations. Celles de la Lorraine ont pris l'initiative d'une salutaire mesure pour la libération du territoire. Elles ont donné tout ce qu'elles avaient de précieux. Elles ont demandé à tous, non pas le superflu, mais même le nécessaire. Elles ont prêché et pratiqué l'Œuvre du sacrifice.

A cet appel, on répond de tous les coins du territoire ; les Femmes de France s'organisent pour provoquer et réunir une grande ressource ; les dons affluent dans leurs mains.

Ce ne sont pas des millions qu'il faut, ce sont des milliards... Si tout n'est pas fait du premier jet, nous ferons de nouveaux efforts, jusqu'à ce que la patrie de Clovis, de Charlemagne, de Louis XIV soit libérée et reconstituée.

POUR LA PATRIE.

Celtes, Gaulois et Francs, dont les siècles passés
Ont soudé les instincts, les vertus, la vaillance,
Qui, même avant César étiez déjà classés
Par vos élans guerriers et votre insouciance ;
Vos enfants sont toujours dignes de leur berceau.
Du mépris de la mort leur grande âme est remplie.
Entendez-les chanter : que le sort le plus beau
Fut toujours à leurs yeux mourir pour la Patrie.

L'antique nation, sur de tels éléments
Avait fait de la Gaule une terre promise.
Dans la guerre ou la paix, les nobles sentiments
Ont été cimentés assise par assise.
Le colosse a grandi sous un divin essor,
Partout, des bords du Rhin à la grande Hespérie,
Les cœurs à l'unisson gardaient comme un trésor
Le feu du dévoûment brûlant pour la Patrie.

Nous n'avions qu'un seul Dieu, nous n'avions qu'un drapeau,
Toutes les volontés militaient en silence
En rayonnant autour d'un illustre faisceau,
Dont la sainte unité projetait la puissance.
Notre action régnait sur l'univers entier :
Qu'elle était belle alors, cette France chérie !
De l'honneur sans efforts on suivait le sentier,
Le savant, le héros vivaient pour la Patrie.

Mais bientôt les abus de la prospérité
Ont fait tourbillonner et les cœurs et les têtes ;
Des rêveurs orgueilleux, suant la vanité,
Nous ont inoculé les luttes, les tempêtes.
L'esprit de controverse a soufflé dans les airs ;
Contre le père, un fils s'arme de théorie,
Le frère oppose au frère un système pervers...
Le sage, dans son for, tremble pour la Patrie.

Sur nos divisions, d'astucieux voisins,
Se posaient froidement un double théorême :
Combien faut-il de sang ? Combien faut-il d'engins ?
Pour vaincre du Lion la puissance suprême ?
Pendant qu'ils agissaient, l'infatuation,
Le matérialisme et l'aveugle incurie,
Enervaient notre cœur, brisaient notre union,
Lorsqu'il fallait surtout veiller pour la Patrie.

Des nuages humains, doublés d'aciers tonnants,
De la destruction chargés par la science,
Ont éclaté sur nous comme des ouragans :
Ils savaient sans danger être forts à distance...
Par la profusion du fer et de l'airain
La mort frappait de loin notre antique furie,
D'invincibles soldats, hélas ! c'était en vain
Que le sang généreux coulait pour la Patrie.

O jours infortunés ! ô mon noble Pays !
Il n'est plus pour nous tous d'illusions possibles !
Ton sol est profané, ton sceptre est compromis,
Tes bataillons sacrés aujourd'hui sont vincibles.
Un désastre nouveau marque tous les combats,
L'Austrasie est tombée ! et contre la Neustrie,
Le vainqueur en tremblant précipite ses pas...
Les femmes, les enfants, pleurent pour la Patrie.

On n'est pas plus cruel que lorsque l'on a peur :
Aussi, tous ces Teutons qui redoutaient notre ombre,
S'abandonnent bientôt à l'aveugle fureur,
Notre sang coule à flot, quand ils se croient en nombre.
Ils ne pardonnent pas au pauvre villageois
Qui défend sa maison contre la barbarie.
La torture et le feu répandent les effrois :
Malheur à ceux qui font des vœux pour la Patrie !

Nouveau fléau du ciel, ils savent notre amour
Pour les trésors des arts et ceux de la science,
Par nos savants aïeux amassés tour à tour.
C'est là que leurs canons visent de préférence.
Nos plus beaux monuments, nos splendides palais,
Sont marqués comme but à leur artillerie,
Les horreurs de la faim secondent leurs forfaits,
Il faut capituler, enfin ! pour la Patrie !....

Capitulation ! Ce mot n'est pas français !
Plutôt cent fois mourir !... Sous la force brutale
Qui veut primer le droit, nous ne plierons jamais !...
Cependant, écoutez la sagesse finale.
Elle vous dit tout bas : Enfants, sur l'avenir,
Reportez votre espoir, réservez votre vie ;
Si la France est vaincue, elle ne peut périr :
Oh ! soyez désormais unis pour la Patrie !

L'argent ne suffit pas, minotaure allemand,
Car tu t'étais promis une grosse pitance.
Il te faut tout au moins un membre pantelant :
Prends-le,... nous te prêtons le bras droit de la France.
O nos frères de Metz, ô frères de Strasbourg !
Si nous nous séparons, notre âme endolorie,
Maudira comme vous l'arrêt de Brandebourg,
Mais vos cœurs et nos cœurs battront pour la Patrie.

Pèse bien la rançon, Bismark, oui, pour longtemps
Tu voudrais absorber nos sources de Pactole.
Tu fais entrer aussi dans tes projets savants,
D'élever à Berlin un nouveau Capitole.
La roche alsacienne est là comme autrefois
Pour punir les excès de la supercherie ;
L'inflexible destin t'imposera ses lois,
La justice de Dieu penche pour la Patrie !

Une montagne d'or, vingt ans de nos sueurs,
Voilà ce qu'il nous faut leur assurer sur gages.
Ces avides forbans gardent six de nos sœurs
Qui subissent le poids de leurs nombreux outrages.
Il faut les délivrer par un sublime effort !
Bravons la pauvreté ! bravons la pénurie !
Quand on ne doit plus rien on se sent bien plus fort.
Donnons tout pour l'honneur, et tout pour la Patrie !

Du nord jusqu'au midi, du levant au couchant,
Les cœurs ont tressailli d'une étincelle immense.
Quels chaleureux transports et quel concours touchant !
Inclinez-vous ! ce sont les femmes de la France.
Elles s'en vont quêtant, sous un souffle divin ;
Les larmes dans les yeux et la voix attendrie,
Elles tendent partout leur blanche et douce main,
En disant à chacun : donnez pour la Patrie !

POUR LA PATRIE!

www.ingramcontent.com/pod-product-compliance
Lightning Source LLC
Chambersburg PA
CBHW061708180626
46818CB00003B/1307